L'OMBRE DV MARQVIS D'ANCRE A LA FRANCE.

AVEC LES

ADMIRABLES PROPRIETEZ DE L'ABSYNTHE,

NOMMEE des Espagnois ALOZNA: des Italiens ASSENTIO: des Alemans VVERMVT: des Polonois PYOLIIN: des Bohemiens PELYMENK: des Arabes AFFINTHIVM: & des François L'HERBE DE L'ALVYNE: Le tout recueilly par vn Secretaire de LA FAVEVR, disciple de TABARIN.

M. DC. XX.

L'OMBRE DV MARQVIS d'Ancre à la France.

AYant de la faueur le vent à pleine voiles,
Pour faire ouyr mon nom dans le Ciel des Estoilles;
Ie forçay la valeur du Monarque François,
A me donner la mort pour asseurer sa vie.
Estranger dans l'Estat ie mis la tyrannie,
Et les Princes captifs souspiroient sous mes loix.

Vn chacun honoroit & prisoit ma fortune.
Superbe ie riois du courroux de Neptune,
Et semblois affermy dans l'orage au sort,
Ie disois que le Ciel pour me faire la guerre,
Permette que mon corps soit trainé sur la terre,
Ce naufrage sera de ma gloire le port.

En ces mots ie predis mes douces destinées.
Car le cours reuolu de cinq ou six annees,
Ayant basty mon heur au monde sans pareil,
Comme i'estois sauté du bourbier dans les nuës,
Du Ciel ie fus trainé par le milieu des ruës,
Glorieux de mourir au logis du Soleil.

Le Louure fut le lieu où ie rendis la vie,
Aux yeux de l'Vniuers dont ie mouuoy l'enuie,
Car par tout les endroits où le Soleil reluit,
Aux bords plus reculez de l'Euphrate & du Gange,
De mes dignes effets l'on chantoit la loüange,
La renommée ayant desia semé ce bruict.

Quand affoibly de corps ainsi que de courage,
I'auroy en cheueux blancs veu acheuer mon aage,
Et tranquille pery d'un languissant effort.
Rien n'en fust aduenu de plus beau pour ma gloire,
Nos Nepueux auiourd'huy dans la fidelle histoire,
Ne verroint que la paix eust besoin de ma mort.

Tout ce qui peut troubler le repos de mon ombre,
Dont les tristes souspirs & les regrets sans nombre,
Qui fait sur mon tombeau vn obiect sans pareil,
Beauté consolez-vous du dueil qui vous offence.
Le Ciel vous donnera quelque iour la vengence.,
Ces Icares mourront consumez du Soleil.

Moy l'exemple parfaict d'un œil plein de disgrace,
Ie sens que le destin de fort prés les menace,
Que leur Nef choquera bien tost sur vn rocher,
Ils sont venus de moy, & venez de ma cendre,
Mais comme ils sont montez on les verra descendre,
Par le mesme chemin où ils m'ont fait marcher.

Peuple dont la faueur acquiert la mal-veillance,
Ie ne fis voir regnant tant d'Edicts à la France,
Ie fis beaucoup de mal, auec beaucoup de bien,
Mais ceux-cy que le Ciel pour vos pechez vous donne,
Consument les tresors plus grands de la Couronne,
Reseruent tout pour eux & ne vous donnent rien.

LES ADMIRABLES PROPRIETEZ DE L'ABSYNTHE, nommée des Espagnols *Alzene*: des Italiens *Assentio*: des Alemans *Uvermut*: des Polonois *Pyolijn*: des Bohemes *Pelymenk*: des Arabes *Assinthium*: & des François *l'herbe de l'Aluyne*: Le tout curieusement recueilly par vn Secretaire de LA FAVEVR, disciple de TABARIN.

I,

AInsi qu'en la place Dauphine,
Tabarin prise son Onguent,
Ainsi ie prise *l'Aluyne*,
Comme vn pot pourry excellent,
Qui par sa force souueraine,
Fait miracle en fait de ruine.

II.

Voulez-vous piper la jeunesse,
Mener en triomp' vn grand Roy:

Voulez-vous beffler la Noblesse,
Et aux Princes donner la Loy:
Faites que toujours vostre haleine
Sente l'odeur de *l'Aluyne*.

III.

Voulez-vous deuenir Monarque,
Auoir Duché & Marquisat,
Paroistre hõme de grãd remarque
Encores qu'on ne soit qu'vn fat,
Portez desur vous de la graine,
Ou des branches de *l'Aluyne*.

IV.

Voulez-vous estre Connestable,
Faire Mareschaux des laquais,
Auoir au tour de vostre table,
Des Princes comme des naquets:
Monstrez seulement la racine,
Ou la tige de *l'Aluyne*.

V.

Voulez-vous sortir d'indigence,
Changer en soye vos haillons,
Et de pied-d'escau de Prouence,
Deuenir riche à millions:
Mangez tant soit peu de la graine,

Ou des fueilles de *l'Aluyne.*

VI.

Voulez-vous piper vn Prince,
Attraper son gouuernement ;
Achetter toute vne prouince,
Pour y regner absolument :
Frottez luy le nez de la graine,
Ou bien du jus de *l'Aluyne.*

VII.

Voulez-vo⁹ que l'ō vous muguette,
Et qu'ō vous rēde tous honneurs,
Cōmander aux Grāds à baguette,
Et gourmāder tous les Seigneurs:
Faites paroistre à vostre mine,
Que vous portez de *l'Aluyne.*

VIII.

Voulez-vous paruenir à l'Ordre
Des Cheualiers du S. Esprit :
Et qu'on ne trouue que remordre
Sur vos faits ny sur vostre esprit,
Frottez vostre espée de grain e,
Auec du jus de *l'Aluyne.*

IX.

Voulez-vous sans front & sans hôte

Qu'on passe des meschans Edicts,
Et que dãs la Chãbre des Cõptes,
Vos dons passent sans contredits;
Semez en tels lieux de la graine,
Ou des fueilles de *l'Aluyne*.

X.

Voulez-vous sçauoir la science,
Par laquelle Arnoux maniera,
De nostre Roy la conscience,
De tel biais qu'il vous plaira,
Frottez sa robbe de la graine,
Et des fueilles de *l'Aluyne*.

XI.

Voulez-vous auec tout audace,
Entrer au Cabinet du Roy.
Et que chacun vous fasse place,
Sans qu'on oze dire pourquoy,
Faites paroistre à vostre mine,
Que vous portez de *l'Aluyne*.

XII.

Voulez-vous d'vne main hardie,
Pour establir vos fauoris,
Prendre toute la Picardie,
Et tirer le Roy de Paris,

Publiez

Publiez que le Roy vous meine
Pour aller planter *l'Aluyne*.
Voulez vous ſçauoir la maniere

XIII.

De rendre les furibonds doux,
Et fuſt ce meſme vn Deſdiguiere;
Le faire plier deſſous vous;
Faites leur marcher de la graine,
Ou des fueilles de *l'Aluyne*.

XIIII.

Voulez-vous que Chõberg ordõne
Payement de nos penſions,
Et qu'à l'Eſpargne l'on vous dõne
Argent ou aſſignations :
Faites cognoiſt à voſtre mine
Que vous auez de *lA'luyne*.

XV.

Voulez vous qu'vn Conſeil cõſente
A tout ce que deſirerez,
Et qu'aucun d'eux au Roy neſvẽte
Les maux qu'auez faits & ferez;
Faites leur aualler la graine,
Auec le jus de *l'Aluyne*.

XVI.

Voulez-vous par voye ſubtile
Eſpouſer vn tres-grand party,
Puis piper la mere & la fille,
Et au bout faire le genty :
Portez deſſus vous de la graine,
Ou des branches de *l'Aluyne*.

XVII.

Voulez-vous gaigner par ſequelle
Des Preſtres au petit collet,
Leur faire embraſſer voſtre zelle,
Meſme à l'Eueſque du Bellay :
Metez dãs leurs mains de la graine
Ou des fueilles de *l'Aluyne*.

XVIII.

Voulez-vous ſous ombre de chaſſe
Reduire la France aux abois :
Et cependant que le Roy chaſſe
Partager ſa Couronne en trois,
Faites luy ſemer de la graine,
Ou des branches de *l'Aluyne*.

XIX.

Voulez-vous forcer la Iuſtice
Gaigner en tous ſens vos procés,

Auoir l'air du Bureau propice,
Et ſur les Iuges libre accés,
Portez quant & vous de la graine
Ou des fueilles de *l'Aluyne.*

XX.

Voulez-vous ſous belle promeſſe
Entretenir grands & petits,
Marier le Preſche à la Meſſe,
Pour regner à vos appetits:
Promettez à tous de la graine
Ou des fueilles de *l'Aluyne.*

XXI.

Deſirez-vous forger des traiſtres,
Et des compagnons du Hagen,
Faire en vn riẽ des valets maiſtres,
Ne leur promettez plus d'argent,
Monſtrez leur ſeulemẽt la graine,
Ou la tige de *l'Aluyne.*

XXII.

Mais ſur tout ie ne vous puis taire,
Vn ſecret qui eſt des plus beaux,
C'eſt que ſi voulez faire faire
Toute choſe au Garde des Seaux,
Frottez luy moy ſa froide mine,

Auec le jus de *l'Aluyne*.

XXIII.

Voulez-vous sçauoir la science,
De jetter vn Roy dans les rets,
Et sans superfluë despence,
Faire vn beau festin d'vn seul mets
Iettez au Messin force graine,
Ou des branches de *l'Aluyne*.

XXIIII.

Voulez-vous mettre vostre femme,
Prés Royne pour la fascher,
Et esloigner vne grand' Dame,
Que la Royne honore & tiét cher:
Semez au Louure de la graine,
Ou des fueilles de la *l'Aluyne*.

XXV.

Desirez-vous guarir Modenne,
Des maux de cœur qui lui fót mal
Et changer ses oreilles d'asnes,
A des oreilles de cheual:
Farcissez son ventre de graine,
Ou des fueilles de *l'Aluyne*.

XXVI.

Ne sçauez-vous courre la poste,

Non plus que Branthe & Cadenet,
Auez-vous la teste aussi sotte
Que Bonneual, Mons & Vernet:
Pour guarir auallez la graine,
Ou bien le suc de *l'Aluyne*.

XXVII.

Voulez-vous sans papier ny ancre,
Descrire veritablement, (cre,
Les beaux faits du Mareschal d'An-
Faites ramasser gentiment,
Les effets qu'à produit la graine,
Et la tige de *l'Aluyne*.

XXVIII.

Voulez-vous rendre languissante,
Vne Royne par desespoir,
Qui se voit à demy-mourante,
Pour voir ce qu'elle ne peut voir,
Mettez prés d'elle la racine,
Ou la tige de *l'Aluyne*.

XXIX.

Voulez-vous que la Royne mere,
Demeure tousiours en prison,
Et que le Roy soit en colere,
Contr'elle sans droict ny raison,

Faites tousiours que vostc haleine
Sente l'odeur de *l'Aluyne*.

XXX.

Mais voulez-vous que ceste drogue
Ne soit poit suiette à l'esuent,
Et qu'elle soit lóg-tẽps en vogue,
Enueloppez-la promptement
En cotton, en papier, en laine,
Des bonnes graces des 2. Roynes.

ADVERTISSEMENT.

CE que cy-deuant n'a peu faire,
La drogue du Catholicon,
L'Aluyniste *electuaire*,
Le peut faire en perfection,
Car en peut tout auec la graine,
Et la tige de l'Aluyne.

Quatrain de celuy qui l'est en faueur.

IE suis ce que le Roy *fait,*
Ie fay ce que ie veux en France,
Car ie suis le Roy *en effet,*
Et luy ne l'est qu'en apparence.

Autre à Luy-mesme.

LEs meschans autrefois regretterent
Conchine,
Estimans que sa mort seroit l'heur des
Francois,
Mais auiourd'huy les bons deplorent sa
ruine,
Car on est moins foulé d'vn Tyran que
de trois.

FIN.

www.ingramcontent.com/pod-product-compliance
Lightning Source LLC
LaVergne TN
LVHW050518160826
845677LV00003B/1206